난축이 올라

성옥분 시집

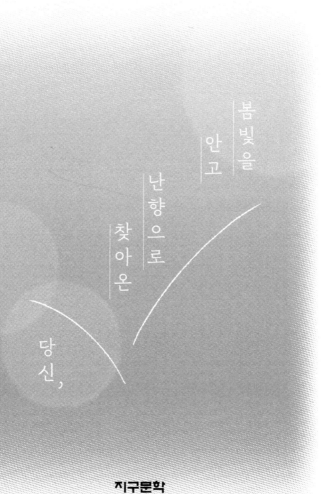

봄빛을
안고

난향으로

찾아온

당신,

지구문학

내 삶의 끝자락에서 벅찬 설렘을 안고
여린 묘목 하나 심었습니다.

때때로 감로수甘露水 주며
잘 키워보려고 합니다.

따사로운 햇볕 받으며 바람에 흔들리면서
꽃향기 뿜어낼 겁니다.

표지를 맡아준 외손녀 은결에게 고맙고
곁에서 항상 응원해 준 가족들에게 감사드립니다.

2021년 신축년 춘삼월

성 옥 분

차례

2부

어머니의 송편

차례

3부
밤바다

4부

가을 문턱에

차례

5부
분홍빛 사랑

6부
그리움

차례

7 부

봄의 향연

8부

만행

차례

제1부

난촉이 올라

난촉이 올라

봄빛을 안고 난향으로
찾아온 당신
작년에는 여섯 촉 올라오더니
올해는 일곱 촉 올라왔네
꽃대도 쭉 올라오네

사무친 그리움이 신열이 난 거야

가슴 속까지 채워지는 향기
당신의 체취는 깊은 군자의 향취
마디마디 단술로 맺힌 진주이슬
당신의 속삭임은 다정도 하지

해마다 촉은 더하여 올라오는데
철없이 꽃은 피어나는데
꽃향기 이렇게 감돌고 도는데

빼어난 춘란 한 촉 올라

나 어쩌라고
님이여, 그리운 당신이라
맞이할까요

조팝꽃

양지받이
어머니 산소 가는 길

논두럭에
너울 쓰고 내려온 흰 구름
조팝꽃과 봄놀이하네

조팝조팝 하얀 꽃
어머니 얼굴 같아라

너의 순수한 향기
어머니 숨결 같아라

따사로운 봄햇살
내 마음에 조팝꽃 핀다

산수유

내 첫 사랑 꽃
꽃술마다 그대 솜털
꽃잎마다 그대 미소

설레는 마음 열고
산수유나무에 기대어
그대 향기를 담는다

맑고 고운 너의 눈빛
아직도 또렷이 남아
아련하게 흘러가버린 먼 추억!

그리워할 수 있어 좋고
눈 감고도 볼 수 있어 좋다

설레는 내 사랑아
너와 나의 시간 속에서 만나보자

들국화

햇살이 내려와 간지러주면
웃음을 참지 못해 까까르르

지나는 발걸음 돌아보고 손 인사하면
바람결에 향기로 답인사하네

찬 이슬 내리는 밤이 되면
별들의 자장가에 잠이 든다네

이 밤이 지나면 내일 또 다시
정다운 햇살이 내려오겠지
누군가 외로운 이 찾아오겠지
어두운 밤 별들은
더 큰 눈으로 반짝일 거야

빈터에 핀 국화

집 헐린 낮은 담 밑에
반 누워 노오란 꽃 폈네

서로 기대어 바람 따라
이리저리 흔들리며
웅그리고 있네

밤이면 풀벌레 노래에
외로움 달래고
고운 달빛 홑이불 덮고
별들 내려와 소곤소곤
옛 이야기하네

그윽한 향기 뿜으며
주인 떠난 빈터
노오란 국화꽃이 지키고 있네

국화는 외롭지 않아

내 이름은 노오란 가을 국화야
주인이 이사 가기 전 봄에
나를 담 밑에 심어놓고
여름 내내 물도 주고 풀도 뽑아주고
나를 이렇게 예쁘게 가꿔 놓았어
그런데 갑자기 집을 헐고
새집을 짓기로 한 거야 그래서
주인은 이사를 했는데 아파트로 갔거든
할 수 없이 나를 두고 간 거야

나는 슬프지 않아
밤이 되면 풀벌레가 노래 불러주고
달님이 뽀얀 홑이불도 덮어주고
별들이 내려와
하늘나라 이야기를 들려주거든

겨울이 오기 전에
노랗게 웃으며 빈 터를 지킬 거야

집을 다 지으면

새 주인을 만나면 되니까

우리 집 난蘭

오월이 되면
붉은 줄기 긴 꽃대 올라와
내 마음 설레인다

내 님 화신化身으로 나타남일까

붓끝 같은 꽃봉오리
여덟 개 맺으며
마디마디에 진주 이슬 앉고
다소곳이 머리 숙여
내게 오심인가?

님의 품 안겨보면
은은한 향기
입 대보면 달콤한 님의 맛

가슴 두근거리며
하염없이 하염없이
너를 바라본다

채송화 · 1

햇살 곱게 내려오면
너를 보러 온다

환한 웃음으로 맞아준다
반갑다고 몸짓도 한다

너의 환한 얼굴 보며
나를 돌아본다

얼마나 환한 웃음으로 살았을까
환한 웃음으로 만났을까
환한 웃음 주었을까

깨우침 주는 나의 선지식
　　　채송화

채송화 · 2

햇살 곱게 내리는 아침
너를 보고 있으면
방긋 웃어주는 너에게
그만 반해 버린다

환하게 웃는 너의 얼굴 보며
잃었던 웃음 다시 찾았다

이제부터 나도
환하게 웃고 살 거야
누구나 웃는 얼굴로 만나고
너에게 배운 웃음

너에게 더 많이 웃어줄 거야

채송화 · 3

햇살 고운 아침
꽃밭에 아장아장 아기 꽃

빨강 꽃 발간 웃음
노란 꽃 노란 웃음
꽃밭은 웃음 밭

벌들도 날아와
간지럽히며 붕붕붕

채송화는 아기 꽃
뜨거운 해는 싫어요
해님 보고 삐쳤나
입 다물고 있네요

제2부

어머니의 송편

대보름달

용마산 등성이 위로
두둥실 환한 얼굴
대보름달 떠올랐네

구름나라 지나서 바람 따라
어디로 가나

온 가족 모두 모여
한 자리 비워놓고 기다리는데
여기를 비껴서
어디로 가나

은빛 도포 손때 묻을까
억지로 붙잡지도 못하는데
급한 듯 길 재촉하는 당신

서방정토 찾아서 가시는군요

고요한 일요일

따사로운 햇살
맑은 유리창 안으로
살며시 들어와 내 곁에 앉는다

오디오에서 흘러나오는
감미로운 선율에
함께 빠져든다

난잎도 진주 이슬 달고
향기에 취해 있는 허브 잎도
사르르 눈감고
옥빛 물 찾아 여행 떠나네

온몸에 가슴 저린 전율 느끼며
옛 생각에 젖어들어

나도 먼 고향 하늘 속으로
흐르는 선율 따라 날개 펴고
여행 떠난다

그리운 품속 · 1

학교에서 돌아오면
두 팔 벌려 안아주던
엄마 품이 그립다

밭일 마치고 돌아오시는
넓은 어깨 아버지 품이 그립다

태양처럼 뜨거운
불길 같던 그의 품이 그립다

자식을 안아 키우고
손자 손녀 반갑게 안아준
내 품속을 저들도 기억해 줄까

부질없는 생각 다 내려놓고
나의 영원한 품속 흙으로 돌아가리

그리운 품속 · 2

아기 때 어머니의
포근한 가슴으로 안고

아빠의 따듯한 입술로
뽀뽀하고

젊은 날 여름 태양 같은
불길로 포옹하고

지금 나를 마음으로
사랑하고 안아준다

언젠가 포근한 흙이
감싸 안을 것이다

어머니의 송편

솔잎 한 켜 송편 한 켜
시루에 김 오르면
솔잎 향기 어머니 냄새

손가락 찍힌 송편 모양
주름진 어머니 얼굴

솔잎째 대소쿠리에 담아두어
며칠 지난 뒤 솔잎 뜯어
입에 넣으면 쫄깃한 맛

어머니의 사랑 담긴 송편 맛

마늘을 까면서

살을 맞대고
한 몸 되었구나

눈보라 추운 겨울
땅속에서 잘 참았구나

햇살 따듯한 봄날
파란 싹 키를 키워
토실토실 살 찌웠구나

겉옷 벗기고 속옷 벗기니
우윳빛 같은 속살 드러내

누군가를 위하여 몸 사르고
정성껏 두 손에 담아 옮길 때
전해 오는 감촉이 짜릿하구나

맵고 톡 쏘는 맛이지만
누구에게나 필요한 양념

초아흐레 반달

햇빛에 눈이 부셔
구름 속에 숨었다가

어둠 내리니
환한 얼굴 보여주네

허공에 홀로 매달려
세상 내려다보는구나, 반달

너는 점점 자라서
둥글게 되겠지

모나지 않고
둥글둥글한 그 성품

내 아들 딸도 닮았으면
좋겠다

골목길

기뻐도 슬퍼도 지나야 하는
골목길

희미한 가로등불 아래로
비틀비틀 한 남자가 오고 있다

하루의 고달픔을 등에 지고
터벅터벅 오고 있다

가족이 있는 안식처를
찾아오고 있다

창문을 내다보던 그리움
벌써 대문을 활짝 열었다

벚꽃길

호수공원 둘레길
온통 벚꽃길
눈부시다

산책하는 사람들
설레임 환한 미소
담뿍 안겨준다

살랑바람에 간지럽다고
사르르 몸 떨며
떨어지는 벚꽃도 아름답구나

가는 길 멈춰 네 곁에 서면
아련히 먼 고향 떠올라
어머니의 앞치마에
봄나물 가득 뜯어 와
나물죽 끓여
자식들 먹이시던 어머니!

봄바람 꽃잎 따라

사랑의 향기 그윽하네

둘레길

지그재그 둘레길
가장나무 아카시아 나무
산들산들 반겨주는 둘레길

이파리 사이로 비치는
햇살 고운 둘레길
골짜기로 졸졸졸
물 흐르는 둘레길

사람들이 오고가는 둘레길
외로워도 쓸쓸해도
말없이 둘레길을 오르내린다

제3부

밤바다

안면도에 지는 해

서쪽 하늘 붉은 덩어리
오색 빛 뿜어 방광放光하고

한 덩어리 소나무 가지 위에
걸쳐 앉아 쉬고

또 한 덩어리
바다 은물결 위에 둥실 떠
불타는 몸 식히고 있네

저물어 가는 인생 안타까운
몸부림일까

바다

수평선 멀리 흰 구름 산맥을 이루고
바람 따라 큰 파도 같이 오네
부서지면 물거품 되어
조각조각 바다구름 만드네

백사장에는 수많은 발자국
파도가 지나가며 삶의 흔적 지워 주네

바다 위에 떠 있는 돛단배 한 척
흰 물살 가르며
망망대해를 지나서 어디로 가나
님 찾아 태우러 가나

오늘도 내일도 푸른 파도가
억겁을 뒤척이며 밀려오고 부서지고

바다의 삶 그침 없네

천장암 오르는 길

가파른 언덕길
길 없는 길을 찾아서 가신 스님을 따라
발자국을 찾아 따라서 간다
먼지 나는 황톳길에
휘적휘적 걸으시는 환영을 본다

오직 한 길 구도의 길을 걸으셨던 스님들
성우 경허스님과
수월 혜월 만월 경허스님의 세 달
살아서 이루셨던 부처님들
광채가 뿜어 나와 어두운
날에도 길을 비춘다

빛바랜 회색 장삼 걸망을 메고
주장자 짚고 걷는 모습
시장기가 들고 발이 아파도
마음은 하늘처럼 높고 맑아
한갓 티끌처럼 보였을 것을

가파른 언덕길을 앞서 가신다

감히 부처님 가르침 따른다는 불심으로
성스러운 이 길을 꿈속처럼 올라간다
비 오는 날 나뭇잎에 떨어지는 빗물
스님께서 흘리시던 인고의 땀방울인 양
내 마음 구석구석에 적시어 가고
산사에 울리는 저녁 종소리는
내 마음 곳곳에 울려 퍼진다

*비 오는 날 천장암에 오르며

둘레길에 빈 의자

벗나무 둘레길
등 달린 긴 나무의자
길 가는 이들의 쉼터

봄이 오면 연분홍 꽃잎
사뿐 내려앉고
가을이면 길 떠나는
가랑잎 쉬어간다

사랑 눈빛 마주치며
속삭이고
노년들도 옛날 속으로
돌아간다

나도 들꽃 한 다발 꺾어 들고 올
님을 기다려 본다

밤바다

바다도 하늘도 캄캄한데

시월 열엿새 당신의 달이

밤바다를 비춰줍니다

쏟아져 내린 별들

밤바다에 반짝이는 은빛 눈동자

그립고 애절한 당신의 눈빛

가는 길 잃지 말라고

멀리 등댓불도 반짝이는 밤

참새 내외의 보금자리

눈빛 마주쳐 두 손 잡고
알콩달콩 보금자리 만들어
달콤한 사랑 나누며
알록달록 새 식구 만드네

산호초 뗑그란 눈
보슬보슬 솜털옷 입히고
쪽빗쪽빗 노란 입

애벌레 물고 누가 볼까
갸웃갸웃
맛있는 엄마 사랑
입에 넣어주면
온 집안 아우성 노래

어서어서 날갯짓하여
하늘로 날아가거라

엄마아빠 사랑 날개로
날아라

당신 앞에 서서

꽃 한 송이 곡주 한 병 들고
당신 앞에 서 있습니다
여름 내내 오지 않아서 미안한 마음입니다

당신이 잠든 따듯한 방
쓸고 닦고 매만지고 나니
마음에 눈물 방울방울 맺히네요

시 한 편 들려주니
아무 말 없는 당신

아마도 기특하다고…
잘 살고 있다고…
늘 같이 있다고…
사랑한다고…
위로하겠지요

하늘에 흰 구름 두둥실
떠 가네요

산

싱그러운 산 냄새
이마에 스치는 산바람
나무들이 자유롭게 자라고
야생초가 무성하게 자라고
온갖 야생화의 향기로운 꽃내음
어머니의 품속처럼……
햇빛이 쏟아지면 그늘이 있어 좋고
신선한 바람을 일게 하는 시원한 산
새와 산짐승을 길러내고
비가 오면 빗물 가슴에 품었다가
강물로 흐르게 하고
산은 어머니를 닮았다
나도 풍요한 산을 닮아가며
살고 싶다

용마산

하루에도 수없이 너를 바라본다
하늘을 머리에 이고
흰 구름 뭉실뭉실 떠받들고

중랑천을 앞에 놓고
용마봉의 높은 기상

봄에 잎 돋고 꽃 피고
여름에 세찬 폭풍우 맞으며
가을에 고운 단풍 품에 안고
겨울에 찬 서리 흰 눈 맞아가며

묵묵히 받아주는 너 용마산!
어머니의 넓고 깊은 마음 같구나

너와 같이 한 세월 40년
몸은 야위어가도

젊은 날 너의 머리 위에서
두 팔 들어 세상 다 얻은 것
같던 그 힘 남아있어
꿋꿋이 살아간다

겨울나무

무성한 여름옷을
훌훌 벗어 버리고

칼바람 흰 눈 맞으며
알몸으로 서 있는 겨울나무

넓은 들도 볼 수 있고
푸른 바다도 볼 수 있구나

무거운 옷 벗어버린
꾸밈없는 너의 모습
내 마음도 숙연해지는
자성의 시간

나도 너와 같이
무거운 짐 다 내려놓고

새잎 돋아나는 봄을
기다려 본다

제 **4** 부

가을 문턱에

청평의 늦가을
입추에 부는 바람
늦가을의 들녘
가을 문턱에
단풍잎
가을
목화

청평의 늦가을

호명산 능선 따라
흰 구름 따라가고

떡가루 뿌린 들녘엔
숨죽어 늘어져 있는 초목들

강둑에 백발의 갈대
찬바람에 몸부림치네

짝 잃은 황새 한 마리
물가 돌 위에 서서
흐르는 물결 따라
님의 얼굴 떠올리고

둘레길 앙상한 벚나무 밑에
밟히는 낙엽소리

청평의 늦가을 들판은
외로움과 쓸쓸함이네

입추에 부는 바람

용마산 푸른 바람
창문 타고 들어와
옷깃을 스치네

창문 너머 맑은 하늘 보니
어머니 무명 치맛자락처럼
뭉게구름 흘러가네

님 계신 곳 어딘가
흘러가는 치맛자락 붙잡고
떠나고 싶어라

머지않은 삶
홀홀 벗고 바람처럼
언젠가 가겠지만

사태지는 그리움을
어찌 달랠까

늦가을의 들녘

가을 끝난 허허로운 들녘
두 팔 벌린 허수아비
외로이 서있고

논두렁에 흰 물결 갈대
바람 따라 이리저리
나부끼네

풍성했던 황금물결 간데없고
하늘에 흰 구름 한 덩이
오락가락

따사로운 햇살만이
내려보고 있네

가을 문턱에

소슬바람 두 뺨을 스치고
파르스런 높은 하늘
풀벌레 애절한 울음소리
가을이 문턱에 와 있네

들녘에 벼 이삭 고개 숙이고
휘어지게 늘어진 가지에
동글동글 불긋불긋
대추 익어가고
가시 돋친 밤송이
입 벌어지네

허전하고 쓸쓸한 마음
이글거리던 여름날 태양
짙푸르던 풀과 나뭇잎들
풀 죽어 있음일까

단풍잎

단풍잎은 아기 손
아기 손 빨갛게 물들었네

초겨울 찬바람에
두 손 모아 호—호—

넘어가는 해를
꼭 붙잡고 있네

아기 걸음 연두 잎이
푸르게 짙어가더니

가을 햇살 바람 타고
잎마다 색칠 되어

알록달록 무지개빛
저녁 산 노을 붉게 타네

가을

아침 산책길
고요와 신선한
가을을 본다

달개비꽃 구절초 보랏빛 향기
풀벌레 울음소리
아득한 파르스레한 하늘

오늘도 가을을 보며
호젓이 홀로 걷고 있다
그분이 말없이 내 손 잡는다

목화

내 어린 시절 여주, 되미 목화밭
책 보따리 허리에 매고
지나가던 목화밭

노랑꽃 연분홍 꽃들이
밭 한 가득 피어난다

어느 때엔가 목화다래가
생기면서 다래가 커간다

초록색 세 개의 잎 속에서
둥글고 끝이 뾰족한
다래가 크고 있다

학교 끝나고 집에 올 때
두근거리는 마음으로
주인 몰래 따먹던
달콤한 목화다래

날이 가면서 목화다래가
커지면서 딱딱해진다
목화송이가 툭툭 터진다
여름날 뭉실뭉실 구름 떠오른다

제 5 부

분홍빛 사랑

호수와 소나무와 나

짙푸른 솔향이 부른다

이끌려 찾아간 호숫가

푸른 소나무

벌써, 호수와 사랑에 빠졌다

서러움에 하늘을 본다

태양이 웃는다

내려와

손잡고 호숫가로 이끈다

셋이 하나, 하나가 셋

호수에 잠겨

사랑의 향기에 취하다

호숫가의 소나무 향기

너의 짙푸른 향기
온몸을 감싸 안아
한 발도 뗄 수 없어
네 곁에 멈춰 서면

호수에 빠진 네 모습

하늘에 떠있는 해도
물에 비친 해도
네 향기에 취해 버린다

세 가지가 한 몸 되어
숨 막히게 끌어안아
눈 감으면

짙은 향기로 사랑 나눈다

가랑잎

창밖에 바스락 소리
님의 발자국인가 내다보니
바싹 마른 노랑 가랑잎

서늘한 별빛 내려논 뜨락
바람이 이끄는 대로
뒹굴고 있는 가랑잎

나도 너와 함께 언제까지
뒹굴고 싶구나
뒹굴어서 그리움 사라진다면
마냥 뒹굴고 싶다

나뭇잎

낙엽 덮인 산길
걸어간다
바람 따라 이리저리
뒹굴고

낙엽의 향기 맡으며
외로움을 달래본다

낮은 나뭇가지 사이로
산새들이 숨바꼭질한다

빨간 벚나무 잎
발밑에 떨어지니
지난 추억들이 물결처럼
흐르네

내 벗도 손 흔들며
내게로 달려왔으면…

한 쌍

하늘에서 내려오는 봄빛이
사랑을 불렀나 보다

원앙 한 쌍
한가로이 은빛 물결 가르며
눈 마주치며 속삭이네

물가의 해 맑은
조팝꽃도 웃음짓네

떡갈나무 사이에 푸른 소나무
백로 한 쌍 품고 있네

노란 꽃길 걸어가는
청바지 한 쌍

내 옆에 있어야 할 님은
너무 멀리 있어

잡은 손 놓친 내 손
허전하여라

찔레

이른 새벽 들에 갔다
아버지가 꺾어온
길고 통통한 찔레

늦잠 자는 어린 딸
깨우려고 삽 어깨에 메고
싸리문 들어온다

껍질 벗기고 씹으면
달콤한 물이 입안 가득
아버지의 사랑도 마음 가득
먼 옛날 속으로…

참새

쨱 쨱 쨱
창문 전깃줄에 앉아
새벽잠을 깨운다

깃털을 고루고 있다
몸단장을 하는 것일 거야
애인을 만나려는가 보다

무슨 생각을 하는지
귀여운 고개를 이리저리
돌려간다

고개를 갸웃갸웃 쨱쨱
친구들아! 쨱쨱
아침밥 먹으러 가자고
부르는 소리인가

분홍빛 사랑

당신이 따듯해서
봄이 왔습니다

맞잡은 손 따듯해서
동당동당 새 잎 돋아납니다

당신의 입김 있어
꽃봉오리 톡톡 눈틉니다

당신의 환한 미소 있어
분홍빛 매화 향기 뿜어납니다

당신의 따듯한 마음 있어
목화솜 같은 사랑 피어납니다

제6부

그리움

가을 음악회

공원 꽃밭에 갖가지 가을 꽃 만발했다

크고 작은 어깨를 비비며 가을을 노래한다

키다리 코스모스 지휘봉 아래

트럼펫 나팔소리 금송화 바이올린

맨드라미 드럼 장단

작은 음악회 가을밤이 깊어간다

어른 아이 하나 둘 모여

돌아갈 생각도 잊고 박수로 화답하는

우리 마을 작은 가을 음악회

해수욕장

늙은 소나무 바다를 향해 절하고 있고
흰 거품 물고와 토해내고
또 토해내고
은빛 모래밭에 쉬임 없이 쏟아낸다

수평선 멀리 거북섬
백사장 바라보고
엉금엉금 흰 거품 타고 온다
은빛 갈매기 끼룩끼룩 장단 맞춰
거북이 등 위에서 날갯짓 가볍다

긴 백사장에 줄지어 있는
오색 파라솔
젊음은 열정을 불태우고
토닥토닥 모래성 쌓으며
꿈꾸는 어린 왕자 공주

한여름 해수욕장은
큰 그림 한 폭이다

개심사

솔잎 향 쌓인
산길 굽이굽이 돌아

한 계단 두 계단
백팔 계단 오르니

옥색 빛 연못
내 마음 비추며
백팔번뇌 다 씻어주네

마음의 문 활짝 열고
나는 어찌 합니까
엎드리니

너도 부처 되어
중생 구제하라시네

오! 자비하신 부처님
　　　　부처님!

흰 물줄기

간밤에 세찬 비 내리니
산골짜기마다 흰 물줄기
소리 내며 긴 여정 떠나네

양 옆에 은빛 쑥꽃
한들한들 손짓하며
작별 인사하네
풀벌레들도 행진곡 연주하네
빨간 단풍잎 같이 가자고 하네

굽이굽이 맴돌고 돌아
흰 물줄기의 여정
큰 강물 되네
큰 강물 지나 바다로 가네

마음으로 떠나는 피서

대청마루에 돗자리 깔고 누워
마음에 피서 떠나본다

짙푸른 산과 들
어머니의 젖줄같이 물 흐르는 계곡
산허리에 걸쳐 있는 구름 따라
젊음도 흘러가는 세월 속으로

마당 같은 넓은 바위 위로
옥 같은 물에 발 담그고
초록색 수박 띄워 놓으면

몸도 마음도 시원해
누워서 상상의 피서를 한다
마음의 피서는
몸이 편해서 좋다

그리움

추억일까
기다림일까
애절함일까
간절함일까
아름다움일까

흘러가는 구름일까
초생달빛일까
은빛 바다 파도일까

전율 느끼는
감미로운 음악일까
조용한 사색일까

마음 속에 옛 님 있어
아름다운
그리움일 거야

그냥 그대로

웃고 싶을 때 깔깔 웃고
눈물 흐르면 흘러내리고

외로우면 먼 산 보고
그리우면 옛 님 생각하고
꽃 보면 아름답고

누구도 닮고 싶지 않고
어디에도 매이지 않는
난 나이고 싶다

맑고 투명한 영혼과 정신을
지나는 순간 바로 그때가
본래의 자아自我로
돌아가는 그냥 그대로

고드름

법당 기와지붕 끝에
수정을 달아놓은 듯
매달려 있네

내 귀퉁이 추녀 끝에
풍경소리 들으며
햇볕에 은빛 드러내

너의 몸 녹아
목마른 중생衆生의
갈증 채워주렴

햇살

간밤에 된서리 내리니
들판은 은빛으로 갈아입고

한들거리던 코스모스
힘없이 고개 떨구고

들국화 구절초는 움츠리고
떨고 있네

빈 가지에 앉은 작은 새
쪼그라든 빨간 열매 쪼고

따사로운 햇살은 변함없어라

아침바람

무더위 지난
싸늘한 바람

오랜만에 찾아와
너무 반가워

창문 열어
반갑게 맞이하네

꿉꿉한 냄새 몰아내고
주인인 양 구석구석
맴돌고 있네

내 너를 맞아
하루 종일 행복하구나

붓꽃

긴 꽃대 올라와
잎 하나에 몸 기대어
살며시 보랏빛 드러내

봄바람에 간지럽다고
살랑거려
수줍은 속옷 보인다

고운 인연 따라 머문 시선
기쁜 소식 전해 준다는 너

너의 눈빛 속에 녹아든다

은방울

연푸른 잎새 위에
보슬비 내린 뒤

은방울 동글동글
모여앉아 소곤소곤

햇빛이 내려와 같이 놀고 있네
살랑바람도 같이 놀고 있네

산새 한 마리
은하수같이 맑고 고운 소리
같이 놀자고 하네

은 물방울 숨바꼭질하네
보슬비 톡톡 튕기네

꽃다지꽃 냉이꽃

우아하고 소담스런
목련꽃 나무 아래

키 작고 가냘픈
꽃다지 냉이꽃

노란 병아리 하얀 병아리
앙증맞고 예쁘고 귀여운
어린 손녀딸 같은
해맑은 너의 미소

연약한 작은 몸으로
눈 속 비집고 나와
봄바람에 살랑거리는
노란 꽃다지꽃 하얀 냉이꽃

나도 몸 낮춰
너의 눈에 눈길 준다

봄의 향연

청월산靑月山* 자락
온갖 봄꽃 향기에 어울려
오케스트라 연주한다

은은한 향기
감미로운 향기
열정적인 향기
전율을 느끼는 향기

봄의 소리
온 동산에 퍼진다
봄의 왈츠 춤을 추어본다

*청월산: 경기도 남양주시에 있는 산

봄이 오는 소리

봄의 소리 들으러
동락천에 올라오니

눈부신 햇살 구름 타고
할미새 까불까불
찌—익 찌—익 노래 부르네

가느다란 가지에
조롱조롱 수수알
새싹 트는
새 아가의 실눈 뜨는 소리

나무에 가만히 귀를 대면
또르륵 또르륵 물소리
새 잎 돋는 소리

발밑에 봄은 오고
봄의 소리
마음 가득 담고 오네

해바라기

너는
어찌도 그리 해를 닮았느냐

둥근 네 얼굴
불꽃같은 네 꽃잎들

네 얼굴 속에는
둥그런 마음 들어있다

너는 해를 바라보고
나는 너와 마주서서
둥근 네 얼굴 바라본다

꽃길

지난 밤 비에 떨려
꽃길 되었구나

회화 너의 꽃잎
너를 비켜가지만
네 앞에 멈춰지는

연노란 너의 자태가
아름다운 꽃길 되어

그대 가는 길에
나도 꽃길 되고 싶구나

제8부

만행

엄마의 아침 출근

두 어깨에 도시락 가방 메고
목에 내 가방 걸고

어린 아들 딸 손잡고
어린이집 데려다 주는 엄마
종종걸음 조급한 마음

몸도 손도 모자라
자식 사랑은
엄마의 힘이다

건강하고 착하게 지혜롭게
잘 자라다오
두 팔 벌려
뽀뽀하고 안아준다

고통을 넘어 사랑으로

붉은 핏빛 토하며
전율을 일으키며 호소하는
너의 숨 가쁜 고통

잠시 자만하여
너를 잊었었구나
미안하다고 용서해 달라고

네게 소홀했던 마음
쓰다듬고 어루만져
너의 소중함 이제는
잊지 않을 거야

한 생 동반자로
꽃신 신겨 여행 함께 가자

*발에 통풍을 앓으며

죽음연습

지난 삶들에 어둠 내려놓고
가진 것 다 베풀고

초심初心으로 돌아가
아름답게 죽자

죽음은 끝이 아니고
새로운 시작

아침 태양이 떴다
저녁 노을로 사라지듯

사람의 삶 이세상 왔다
노을길 밟고 사라진다

아름답고 부끄럼 없이
늙어가자

도전과 열정으로

남은 생 살아가련다

*P.E.T(뼈 스캔) 검사를 받으며

만행

회색 바랑 걸머지고
회색 모자 눌러 쓰고
눈 쌓인 산길 걸어가는
뒷모습

발자국만 남기고
홀로 간다

대 자유 얻음일까
대 해탈解脫 얻음일까

중생衆生의 고뇌
가슴에 품고

눈 덮인 산길 걸어가는
구도자의 만행萬行

귀여운 소녀

노란 은행잎
밟지 않으려고
하얀 운동화 신고 이리저리
까치발로 뛰는

소녀의 몸짓
고운 잎 닮았구나

까치발로 뛰는
어린 아이도 예쁘고
바라보는 엄마의 웃음도
예쁘다

가을저녁

깊어가는 가을
싸늘한 바람
품속에 파고드네

나뭇잎 한 잎 한 잎
내 마음 속에 떨어지니

그리움 몰려들어
추억 속에 빠져드네

아… 잠시
이 세상 그만 두고
낙엽 따라 가고 싶어라

백양호 풍경에 빠지다

산을 둘러싼 호수
산봉우리에 걸린 구름이 호수에 잠겨
산새소리에 맞춰 춤을 춘다

닫혔던 내 마음도 흥겨운 몸짓

맑고 푸른 백양호
물결 따라 산이 흔들리고
잠긴 구름 떠날 줄 모르고
나는 그냥
산과 호수와 하나가 된다

*전라남도 백양

제 9 부

겨울나무와 나

선물

만원짜리 털목도리를 받았습니다
만져보았습니다
포근했습니다
가슴에 품었습니다

주는 즐거움도 있겠지만
마음과 함께 받는 행복이
더 큽니다

겨울나무와 나

가을옷을 훌훌
벗어버리고
알몸으로 서 있는 겨울나무

무거운 옷 벗어버린
꾸밈없는 너의 모습
내 마음도 숙연해지는
자성의 시간

나도 너와 같이
무거운 짐 다 내려놓고
홀가분하게 서 있고 싶다

외로움

뉘엿뉘엿 서산에 해 걸리면
옥상 안테나 위에
홀로 날아와 짝을 찾는 소리
애절하다

이별을 했나
사별을 했나
아니면 내게 하는 말일까

물어보면 애처로운 눈빛으로
찌익—찌익
대답한다

풍금소리

주지스님 뵈러 절에 갔더니
궂은비에 나뭇잎이
한 잎 한 잎 빗방울에 젖어
땅에 떨어지고
추녀 끝에 풍경소리
쓸쓸하게 울리네

법당 안에서 들리는
현제명의 '그 집 앞' 풍금소리
주지스님일까?

법당 문을 여니
객스님의 풍금소리인 것을

목련꽃 차를 마시며

창을 넘어온 햇살을
온몸에 안고
감미로운 음악 들으며
목련꽃 차를 마신다

절 도량에 핀 뽀얀 목련꽃 봉오리
한 잎 한 잎 떼면 아홉 잎
하얀 종이 깔고 은은히 말려
연한 불에 덖음
목련꽃 차

따뜻한 물에 우리면
햇빛 같은 은은한 색깔
나도 찻잔 속에 햇빛이 되어
목련꽃 차를 마신다

당신이 다니는 길에

당신이 다니는 길을
고운 빗자루로 쓸었습니다
행여 떨어진 나뭇잎에 미끄러질까
달빛 없는 그믐밤에
더듬더듬 넘어질까봐

꽃씨를 뿌렸습니다
당신이 미소 짓는
아름다운 꽃길 되라고

달빛과 별빛을 뿌렸습니다
환한 길 친구 되어 외롭지 말라고
당신이 다니는 길에

난꽃 이리도

고개 숙인 난꽃
이리도 다소곳할까

환한 미소가
이리도 아름다울까

마디마디 진주 이슬
이리도 영롱할까

풍겨오는 향기
이리도 은은할까

이리도 가슴 저리게
매료시키는 당신!

비 내린 뒤 하늘

하늘에서 내린 비
번뇌의 때 씻어주니
본래의 청청했던
그 모습
푸르게 드러나
푸르게 푸르러
바람 따라 흔들림도 푸르러바다 빛 하늘에
조각조각 흩어져 떠도는
하얀 구름
내 마음도 하얀 구름 되어
세상 어디고
떠다니고 싶구나

닭울음소리

건넛마을 닭울음소리
강바람 타고 들려오네
꼬끼오!
맨드라미꽃
머리에 달고
오색 깃털 날리며 앞장선 장닭이
파란 미나리 싹 돋아나는
도랑에 서서
물 한 입 먹고 하늘 한 번 쳐다보니
병아리들도 따라 한다
하늘에 독수리 나타나면
무서워 꼬꼬꼬하며
어미 품속으로 안긴다

그리움에 구도적 승화

— 성옥분 시집 《난촉이 올라》의 시세계

咸 弘 根

지구문학작가회의 고문

　현대생활이 다양화하면서 여러 예술적 장르에 있어서도 그 변화의 속도는 일 년이 아니라, 달이 지날수록 무섭게 발전 변모하는 양상들을 목도하게 된다. 문학의 장르에 있어서도 여기에 뒤질세라 새로운 유형의 발상에 싹트고 있음을 신문, 잡지, TV 등 온갖 매스컴을 통하여 보고 들을 수 있는 기회는 한두 가지가 아닐 것이다.

　시도 때도 없이 변하고 있다는 뜻이다. 아니, 더욱 발전 변모한다고 보아야 할 것이다. 아울러 시가 추구하는 세계, 즉 시의 다양성은 시공을 넘나들며 한해 한달 하루가 다르게 발전 변모하고 있음을 짐작하게 한다.

　시간은 가고, 흐르고, 시도 변화를 잃고 있다. 1960년대 이전처럼 사상이나 주의 주장 등 애매한 상징성에 깊이 빠져들어 허우적거리는 이념적 시가 아니라 생활의 시, 인간 중심과 정서적 정감의 시로 거듭나고 있음을, 우리 이웃 시인들에게서 쉽사리 접할 수 있는 것이 요즘 시의 세계다. 그러므로 시는 우리의 일상이요, 우리의 양식이다.

"시간은 간다. 아니다. 시간이 가는 것이 아니라 인간이 가는 것이다. 아니다. 시간도 가지 않고 인간도 가지 않는다. 시간은 늘 그저 거기에 있다"[1]고 역설한 강은교 시인의 조용한 외침이 설득력을 갖게 한다. 몸은 쇠락의 길을 걷지만 영혼은 언제나 살아 있다. 뜨거운 심지로 피어나, 삶의 사슬을 박차고 일어나 "문을 열면 모든 길이 일어선다"[2]고 한 시구처럼 안간힘과 기도를 보내는 성옥분 시인의 섬세하고 신선한 시편들을 읽을 수 있는 즐거움도 크다.

세월은 흘러 피부는 거칠어지고 심장의 고동소리는 쿵쾅거리지 아니하더라도 시적 정서적 영혼의 심지는 살아있어 더욱 뜨거웁게 타오르고 있음을 접하는 행운 역시 나에게는 드문 행운이다.

성옥분 시인의 첫시집 《난촉에 올라》에 담긴 78 편의 시를 읽는 감회는 그 깊이가 사뭇 다르고 크다. 조용하면서도 명상하는 듯한 발상과 굴러가는 듯한 흐름에 순진함이 넘친다. 넘치는 '외로움'은 아닐지라도, '그리움'을 안고 사는 한국적 현모양처의 마음과 태도는 '그리움'을 '기다림'

1) 강은교, 《시인수첩》 (서울: 문예출판사, 1977) p.10 참조.
2) 강은교 시 〈자전Ⅲ〉의 첫 행.

으로 승화하려는 구도적, 기도적 갈구는 그만의 장점이기도 하다. 서두르지 않는 차분함, 한이나 탄식, 원망에 물들지 않은 시적 진행은 높이 살 만하다. 또한 운명적 슬픔을 안고 살아가는 애이불비哀而不悲의 한국적 여인들의 참고 견디는 인고의 미덕이 연과 행마다 차고 넘친다.

일상과 자연에서 얻어지는 시적 모티브는 나름대로 맑고 순수한 일면을 보이고 있다. '꽃'이나 '새'의 아름다움이나 그 향취적 탐색은 더욱 돋보인다. 달관적 처사처럼 아름다운 꽃의 자태, 새들의 즐거운 합창은 그의 생활 한 단면을 엿볼 수 있는 좋은 기회일 것이다.

성 시인의 '외로움' − '그리움' − '기다림'으로 귀결되는 진행은 그만이 간직하고 있는 일상의 결과요 미래에의 지향점일 것이다. 난해한 시는 한 편도 없다. 아이들부터 어른, 노인들에 이르기까지 그의 생활처럼, 마르지 않는 정서처럼 우리들 하루 속에 녹아 흐르고 있어 아는 사람을 대하듯 편한 마음이 든다.

봄빛을 안고 난향으로
찾아온 당신
작년에는 여섯 촉 올라오더니
올해는 일곱 촉 올라왔네
꽃대도 쭉 올라오네

사무친 그리움이 신열이 난 거야

가슴 속까지 채워지는 향기
당신의 체취는 깊은 군자의 향취
마디마디 단술로 맺힌 진주이슬
당신의 속삭임은 다정도 하지

해마다 촉은 더하여 올라오는데
철없이 꽃은 피어나는데
꽃향기 이렇게 감돌고 도는데

빼어난 춘란 한 촉 올라
나 어쩌라고
님이여, 그리운 당신이라
맞이할까요

이 시집 표제작이기도 한 〈난촉이 올라〉의 전문이다. 시에 있어서도 마찬가지이다. 어느 누구의 작품이건 시를 감상하는 태도, 심리, 처지, 위치, 내면의 흐름에 따라 다르게 해석할 수도 있고, 닫혀진 방안에 감추어진 내면적 아픔, 의식의 흐름이나 그 진실에까지 접근하려는 노력도 있을 것이고, 어둠속 저편에 깊숙이 숨겨지고 잊혀진 정체성의 가치만큼이나 꽤 과학적인 진실 규명이나 수사학적 분석도 있을 수 있음직하다.

그러나 요즈음의 시는 쉬워야 한다는 것이 새로운 경향으로 자리 잡았다. 또한 술술 넘어가듯 매끄럽고 부드러워야 한다는 것이 나의 지론이다. 겉으로 드러난 구도나 표출 형식이 부드러워야 한다는 뜻도 어느 정도 담겨 있겠으나 그것만으로는 코끼리다리 더듬기와 무엇이 다르겠는가. 시를 감싸 끌어안고 있는 영혼의 흐름이, 느낌이 맑고 고운 성정이어야 한다는 의미가 크다고 보기 때문이다. 그만큼 쉽게 읽혀야 한다. 그런 의미에서 적어도 한 가지 이상은 충족한 시라고 보아도 좋을 것이다. 이 시를 난해하다 보는 사람은 없을 것이기 때문이다.

시적 발상은 '난'의 아름다운 자태에서 전이되는 시각적 형상의 무형화, 즉 '그리움'으로 전이된 실체로의 '님'과 '당신'이다. 가상의 실체, 행복한 그리움, 진하게 취한 그리움, 또한 넘치는 그리움이다.

'사무치는 그리움'은 "가슴속까지 채워지는 향기", "깊은 군자의 향취", "단술로 맺힌 진주이슬", "속삭임은 다정"하다는 시행은 주체할 수 없는 '님'의 모습이요, '그리움'의 항아리이다. 하루를 살아가는 위로의 증인이요, 동반자일 것이다. 그러므로 작자는 늘 행복한 하루를 보내고 있는 것이 아닐까 한다.

"난향으로/ 찾아온 당신"의 첫연과 끝연의 "나 어쩌라고"의 사무침에 주저앉고 마는 모습은 탄식이 아니다. 눈

물도 아니다. 버선발로 다가서는 행복한 대면, 희열의 충만이며, 감성의 활화산이다.

> 양지받이
> 어머니 산소 가는 길
>
> 논두럭에
> 너울 쓰고 내려온 흰 구름
> 조팝꽃과 봄놀이하네
>
> 조팝조팝 하얀 꽃
> 어머니 얼굴 같아라
>
> 너의 순수한 향기
> 어머니 숨결 같아라
>
> 따사로운 봄햇살
> 내 마음에 조팝꽃 핀다

〈조팝꽃〉의 전문이다. '꽃' 이나 '꽃이름' 으로 칭송되는 단어가 시집 전체에 질펀하게 늘어서서 손잡고 있다. '당신' 으로의 애칭만큼 자주 등장하는 '꽃의 동산' 이다. 그만큼 순수하고 곱고 착한 성정을 지니고 있다는 설명도 가미

됨직하다.

'꽃' 의 변신으로 일컬어지는 '당신', '님', '그대', '너' 등으로의 지향적 연상을 억측이나 막연한 피사체로 보는 것은 경솔한 변명에 지나지 않을 것이다.

꽃은 청순함을 내재하고 있다. 꽃은 눈의 양식이며, 꽃은 투명한 심장이다. 꽃을 아끼고 사랑하는 마음은 그만큼 시를 아끼고 사랑하는 마음이 더 크고 깊다는 의미로도 유추될 수 있다. 마음속 깊숙이, 어쩌면 뼛속에까지 녹아 흐르고 있을 아름다운 향기가 뭉게구름처럼 피어오르고 있음을 보는 듯하다.

시를 가꾸고 쓰다듬으려는 마음이 진한 '엑기스' 가 되어 핏속에 흐르고 있기에 "어머니 산소 가는 길" 에 '흰구름' 처럼 흐르다가 내려앉았다 하며 쉬어가는 저 높은 곳의 그분, '꽃' 이 '어머니 얼굴' 로 환생하는 듯한 연상도 신선하다.

"순수한 향기" 와 "어머니 숨결" 이 잘 조화되어 아직도 어린애 같은, 연약하기만한 작자의 콧등을 스치는 듯도 하다. 〈조팝꽃〉은 후덕하시고, 고고하시고, 인자하시던 '어머니' 의 참모습이리라. 향취이리라. 표상이리라.

> 용마산 등성이 위로
> 두둥실 환한 얼굴
> 대보름달 떠올랐네

구름나라 지나서 바람 따라
어디로 가나

온 가족 모두 모여
한 자리 비워놓고 기다리는데
여기를 비껴서
어디로 가나

은빛 도포 손때 묻을까
억지로 붙잡지도 못하는데
급한 듯 길 재촉하는 당신

서방정토 찾아서 가시는군요

　5연 13행의 시 〈대보름달〉 전문이다. '용마산' 위로 두둥
실 떠있는 '대보름달'의 환한 얼굴이다. 당신, 님의 얼굴이
다. 언제나 웃고 있다. 그리움의 대상이다. 기다림의 환신
이다. 가족 전체의 열망이며 존경의, 우러름의 실체이다.
"어디로 가나" 무슨 수식이 필요하랴. 애달프기도 하다. 어
이하리. 보고 싶다. 땅을 치리이까. 온 가족이 기다리는데
그님은 어디로 가고 있을까.
　한 사람의 그리움이 아니다. 한 사람의 기다림이 아니다.
온 가족의 그리움이요, 기다림이다. 아마 제삿날인 듯, 숙

연함 속에 안타까움이 젖어 있다. 고요의 침묵, 눈썹 밑으로 이슬방울 그렁그렁 매달려 몸부림침이 더욱 애처롭다. 촛불도 열린 창문을 넘어 들어온 바람을 얼싸안고 저 혼자 흔들리고 몸부림치고 있다.

'구름' 지나 '바람' 따라 '가는 곳' 이 어디메뇨. "서방정토 찾아서 가시는군요"라고 빌고 있을 것이다. 무량수 도솔천의 새소리 들으며 극락왕생을 빌어보는 마음은 더욱 간절하리. 세파에 시달리면서도 님을 향한, 아미타불 두 손 모아 비는 마음은 새벽 독경소리도 멈추게 하지 못하리라.

성 시인의 시 전편에 흐르는 시어 중 '산사', '스님', '부처' 등 불교와 연관된 단어나 어절이 적지 아니하다. 불교와 무관하지 않다는 의미이기도 하다. 지은이의 바람대로 극락왕생하시어 서방정토에 오래오래 머물기를 바라는 나 또한 같을지어다.

　　서쪽 하늘 붉은 덩어리
　　오색 빛 뿜어 방광放光하고

　　한 덩어리 소나무 가지 위에
　　걸쳐 앉아 쉬고

　　또 한 덩어리
　　바다 은물결 위에 둥실 떠

불타는 몸 식히고 있네

저물어 가는 인생 안타까운
몸부림일까

〈안면도에 지는 해〉라는 4연 9행의 비교적 짧은 시이다. 투명성은 모자란 듯하나 그 나름 선명하다. 세련미 역시 아쉬움이 없지 않으나 차분하게 엮어내는 순수함과 진지함에 박수를 보낸다. 때묻지 않는 좋은 시를 생산할 빛이 보인다. 불타는 듯한 황홀경이 살아 숨쉬는 생명체처럼 성큼 다가와 몸부림치는 묘사 역시 일품이다.

"한 덩어리 소나무 가지 위에/ 걸쳐 앉아 쉬고// 또 한 덩어리/ 바다 은물결 위에 둥실 떠/ 불타는 몸 식히고 있네"에서 이미지의 극대화를 추구하는데, 이보다 더 생동감 넘치는 표현이 있을까.

그러나 흥분하지 않는다. 늘 앉아 있거나 서 있다. 황홀함의 극치, 장관, 저 불가마, 저 활화산을 조용히 관망하는도다. "저물어 가는 인생 안타까운/ 몸부림일까" 슬픔도 아니다. 탄식도 아니다. 경외스러운 자연 앞에 나직이 다가서는 구원의 기도이다. 기도의 내면에 파고드는 간절한 외침이다. 소리 없는 외침의 자문하는 현문우답일 것이다. 속삭임, 심장의 속삭임일 것이다. '불타는 몸'의 초연한 회한일 것이다.

추억일까
기다림일까
애절함일까
간절함일까
아름다움일까

흘러가는 구름일까
초생달빛일까
은빛 바다 파도일까

전율 느끼는
감미로운 음악일까
조용한 사색일까

마음 속에 옛 님 있어
아름다운
그리움일 거야

〈그리움〉의 시 전문이다. 시집 전체에 내재한 무수한 소재와 제재를 압축 정리한 느낌마저 들게 한다.

'외로움' - '그리움' - '기다림' 의 세 어절은 연결고리처럼 서로는 분리할 성질의 어절이 아니다. 서로는 각기 손잡고 이어져 있다. 그중 중심은 역시 '그리움' 일 것이다. 1연의 '～일까' 의 자문적이며 선택적인 언어, 즉 동사나 형용사를 명사화한 1연의 '추억', '기다림', '애절함', '간절함', '아름다움' 으로 출발하여 2연의 '구름', '초생달빛', '파도' 와 3연의 '음악', '사색' 으로 묘사되다가 다시 끝연에서 '그리움' 으로 귀결시키고 있다.

그리움은 언제나 작자와 함께하면서 또한 '그대', '당신', '님' 과 동행하고 있다. 이러한 단어(어절)들은 모두가 그리움이 넘쳐 흐르는 시냇물이다. 흘러가면 다시 다가서는 기다림의 지주요, 그리움의 현장이며, 현실이다. 때로는 외로움을 동반하기도 한다. 열 가지의 수식어를 '그리움' 하나에 묶어 놓고 있다. 작자의 내심에 쉬지 않고 흐르고 있는 온갖 대상이 여기저기서 일어서다가 오고 있다.

그리움은 어디에나 있다. 하늘과 땅, 산과 들, 바다와 파도, 섬과 섬(유·무인도), 꽃과 나비, 나와 너, 마음과 마음 속 모든 것에 내재하면서도 채울 수 없는 것. 끝없고 한없는 인간의 마음, 외로움, 그리움, 기다림은 어느 누가 채워 줄 것인가.

시간은 흐르고 삶은 변화를 거듭한다. 유구한 산천에 우리의 일생을 비유하기엔 송구한 마음마저 든다. 더 살아갈 날이 코앞에 와 있다 할지라도, 나의 삶을 얼마나 가치 있게 보람되게 살았느냐에 따라서 그 진가 여부가 극명하게 드러날 것이다.

시집 《난촉에 올라》에 수록된 78편의 시들을 검토한 결과 추출된 용어의 빈도수는 대략 다음과 같이 나타남을 볼 수 있다. '님, 그대, 당신' 등이 56회, 다음이 '꽃' 52회, '그리움' 17회, '외로움' 9회, '나무' 9회, '어머니(아버지 포함)' 18회, '부처(스님)' 9회 등으로 조사되었다.

이러한 전체적인 흐름은 〈늦가을 들녘〉이나 〈가을 문턱〉에서나 〈산수유〉 등의 시에서도 대등한 내용으로 서술되어 있음을 볼 수 있다. 한 마디로 '그리움'으로 피어난 꽃이 영원하리라 빌어본다.

"문학은 멋진 말의 수사도 아니고, 즉각적인 반응을 일으키는 힘있는 구호도 아니다. 그것은 그 자체가 하나의 더운 상징이 되어 거기에 대한 뜨거운 반응을 유발시키는 하나의 삶이다."[3]

우리는 마주치며 살아야 한다. 삶에 마주쳐야 하고, 자연에 마주쳐야 하고, 생각하는 사유에 마주쳐야 하며, 불의와 감성에 마주치며 살아야 한다. 마주치지 않으면 세상은 열리지 않는다.

글이란 개성적 열매다. '읽고, 쓰고, 생각하기' (三多)를 습관화해야 찬연한 무지개는 떠오를 것이다.

2021년 2월, 입춘지절에

---

3)김현 저, 《전체에 대한 통찰》(파주; 나남출판사) p.36 참조.

난촉이 올라

지은이 / 성옥분
펴낸이 / 김정희
펴낸곳 / **지구문학**

03140, 서울시 종로구 종로17길 12, 215호(뉴파고다 빌딩)
전화 / (02)764-9679
팩스 / (02)764-7082

등록 / 제1-A2301호(1998. 3. 19)

초판발행일 / 2021년 3월 5일

값 10,000원

E-mail/jigumunhak@hanmail.net

ISBN 979-11-965316-9-0 03810